FRANCIS BEBEY

CONCERT POUR UN VIEUX MASQUE

Poème

Éditions L'Harmattan
7, rue de l'École-Polytechnique
75005 PARIS

Agence de Coopération Culturelle et Technique
19, av. de Messine
75008 PARIS

AGENCE DE COOPÉRATION CULTURELLE
ET TECHNIQUE (A.C.C.T.)
ÉGALITÉ, COMPLÉMENTARITÉ, SOLIDARITÉ

L'Agence de Coopération Culturelle et Technique, organisation internationale créée à Niamey en 1970, rassemble des pays liés par l'usage commun de la langue française à des fins de coopération dans les domaines de l'éducation, des sciences et des techniques et, plus généralement, dans tout ce qui concourt au développement des États Membres et au rapprochement des peuples.

PAYS MEMBRES

Belgique, Bénin, Burundi, Canada, République Centrafricaine, Comores, Côte-d'Ivoire, Djibouti, Dominique, France, Gabon, Haïti, Haute-Volta, Liban, Luxembourg, Mali, Ile Maurice, Monaco, Niger, Nouvelles-Hébrides, Rwanda, Sénégal, Seychelles, Tchad, Togo, Tunisie, Viêt-nam, Zaïre.

ÉTATS ASSOCIÉS

Cameroun, Guinée-Bissau, Laos, Mauritanie.

GOUVERNEMENTS PARTICIPANTS

Nouveau-Brunswick, Québec.

ISBN : 2-85802-157-0
ISSN : 0223-9930

DU MÊME AUTEUR

LIVRES

La radiodiffusion en Afrique noire, *étude,* Editions Saint-Paul, Paris, 1963.

La musique africaine moderne, *essai,* Editions Présence Africaine, Paris, 1967.

Le fils d'Agatha Moudio, *roman,* Editions Clé, Yaoundé, 1967. Prix littéraire de l'Afrique noire, 1968.

Embarras et Compagnie, *nouvelles et poèmes,* Editions Clé, Yaoundé, 1968.

Musique de l'Afrique, *initiation à la musique africaine traditionnelle,* Editions Horizons de France, Paris, 1969.

La poupée Ashanti, *roman,* Editions Clé, Yaoundé, 1972.

Le roi Albert d'Effidi, *roman,* Editions Clé, Yaoundé, 1976.

DISQUES

Guitare d'une autre rime, disque OZILEKA, réf. OZIL 301 Stéréo.

Une guitare pour Vence, disque OZILEKA, réf. OZIL 3305 Stéréo.

Ballades Africaines, disque OZILEKA, réf. OZIL 3306 Stéréo.

Prière aux Masques, disque OZILEKA, réf. OZIL 3308 Stéréo.

FILMS

Sonate en bien majeur, *fiction,* 43 min., 16 mm couleur, 1974.

Musique africaine, *illustration de conférences sur la musique africaine,* Super 8 mm sonore couleur, 1977.

AVANT-PROPOS

Par un matin ensoleillé de novembre 1975, je me promenais nonchalamment dans les rues de Fort-de-France, le cœur heureux. Saine détente après un récital donné la veille au soir dans le cadre du Festival international de Guitare qui a lieu chaque année à la Martinique.

Soudain, un jeune Noir, de vingt-cinq ans environ, qui venait de passer à toute vitesse sur son vélomoteur, s'arrêta, rebroussa chemin à pied et, marchant rapidement vers moi, me rejoignit sur le trottoir où je déambulais sans souci. Il s'assura que j'étais bien « le guitariste d'hier soir », et me fit des compliments qui me parurent tout à fait sincères. Nous nous arrêtâmes alors « pour bavarder un moment », ainsi qu'il le souhaitait.

— Ah, j'ai beaucoup aimé votre *Concert pour un vieux masque,* c'est une musique très impressionnante, me dit-il. Et d'ajouter, après une toute petite pause, et avec des hésitations dans la voix : « Mais, dites-moi, est-ce que par là, vous... vous nous conseillez de... de nous suicider ? Le suicide n'est-il pas une démission ? »

Vous devinez sans doute ma surprise en entendant une telle question. Je lus dans le regard de mon interlocuteur une inquiétude réelle, de l'angoisse même. Mais je réussis à garder mon calme, et demandai au jeune homme : « Nous... vous dites *nous,* mais, de qui parlez-vous donc ? — De nous, me répondit-il, de nous les gens d'ici, des gens comme moi, quoi ! »

A cette réponse, ma surprise se changea en stupeur. J'en oubliai instantanément le soleil radieux que j'avais cru, jusqu'à cette minute-là, destiné obligatoirement à rendre les hommes heureux.

Depuis 1965, année où je l'avais composé, j'avais déjà joué des dizaines de fois, devant les publics les plus divers, mon poème pour guitare seule intitulé *Concert pour un vieux masque.* Jamais auditeur ne m'avait encore posé semblable question jusque-là. En tout cas, j'étais loin de penser qu'un être humain pût, à quelque degré, s'identifier à mon vieux masque imaginaire, que j'avais créé de toutes pièces pour un long voyage depuis le centre de l'Afrique jusqu'à son suicide dans un musée de Bahia, au Brésil. Si cette idée m'était venue une seule fois auparavant, je n'aurais peut-être pas trouvé la dose de naïveté nécessaire pour raconter l'histoire du vieux masque avant d'en jouer la musique. Très probablement, je n'aurais rien dit du tout. C'est là ce dont j'essayai de convaincre mon jeune interlocuteur, dans une plaidoirie que je fis durer plusieurs minutes. A la fin, nous nous séparâmes. Il restait sceptique. Je m'en allai songeur.

Trois jours après, dans l'avion qui m'emmenait vers San Francisco où je devais donner un autre récital, je me pris à me demander si j'allais, là-bas aussi, raconter à mon public américain l'histoire du vieux masque comme j'avais pris l'habitude de le faire depuis dix ans chaque fois que je m'apprêtais à jouer la pièce.

En guise de réponse, je me mis à griffonner sur une feuille de papier une lettre à mon interlocuteur de Fort-de-France, qui ne m'avait pourtant ni laissé son adresse, ni même fait connaître son nom. Ma réponse était un *oui* sans ambages, sorti du plus profond de ma conscience d'homme. Cette lettre à un inconnu est devenue le présent poème, long comme je n'ai pas pu l'arrêter de couler.

En juin 1979, les Services musicaux de la chaîne France-Culture (Radio-France), sous la direction de Guy Erisman, ont produit une émission qui m'était consacrée, avec de larges extraits de ce texte, dans une mise en ondes de Sylvie Albert. Le texte était lu au micro par Jean Topart.

F. B.

CONCERT POUR UN VIEUX MASQUE

Je me balance dans le vent d'une île sous le vent
Ile aimée malade à crier
à péter tout l'orgueil de ses volcans
La lumière
triste état de choses
Triste lumière emprisonnée au flanc des vagues
de l'océan
La lumière
belle comme le jour qui naîtra peut-être un jour
La ville s'éloigne
tumultueux silence
L'été brasse encore des millions de vagues
argent du néant
L'époque continue laide belle je ne sais
Le roc tient bon
Le béton
Que vient-il faire ici demandez-lui
Le béton aïe
L'œil tombe toujours dessus
au hasard du vert des bois

morne après morne
Sucer l'âpre sente qui monte en zigzaguant
alors que l'homme exterminé descend toujours
vers le merveilleux abîme de l'oubli
Des siècles des millénaires traquent l'histoire
confinée dans ses puérils récits de livres pour enfants
Ile aimée malade à vivre
à mourir à survivre à régénérer à bouleverser
à pétrir l'océan sanglant dans le bleu de l'innocence
Je veux aimer
Tu m'entends Seigneur
Je veux suivre la route multiple du prochain
Mûrir d'expérience
Tendre le bras et ouvrir la main pour donner
Je suis las
Las d'un monde qui s'éloigne de sa force absolue
l'amour
Tu vois Seigneur si tu l'avais construit en béton
l'amour ne se serait pas écroulé
Il ne se serait pas laissé fouler aux pieds
L'amour
Pourquoi l'as-tu fait si frêle
Pourquoi l'as-tu fait si faible
La terre accrochée à un fil
comme l'intangible musique d'une vie
comme l'invisible son du destin
Tout sent bon ce matin
Même le puant kérosène se libère de son polluant
héroïsme

Floralia dit qu'elle aime ce pays
La mer tranquille la mer houleuse au vent salé
s'en va lointaine comme un immense tapis de nacre
bordant le ciel à l'horizon là-bas tout là-bas
Floralia dit qu'elle aime ce pays
mais une île est-elle un pays
parce qu'elle a un hamac en fête de soleil
sur la plage
Elle ne sait pas que des hamacs et des soleils
il s'en trouve dans le monde entier
Un jour le jour naîtra
qui verra le jour dans l'aurore enchanteresse
de ses cuisses
Je suis l'arme avant qui fend le brouillard matinal
afin que perce le soleil
Le cadeau que tu m'offriras
laisse-le sur la table de ma fatigue
La nuit a été longue
Elle me colle encore à la paupière
brûlante comme les mille feux de l'amour
La nuit a été habile
Elle me reste accrochée au sein droit
impassible et fière face à la vie remuée
Ton cadeau reconnaissant laisse-le sur la table
Je l'offrirai à mon tour aux vautours des faits divers
quand les yeux trahis par la lumière
je dégusterai enfin l'heure passée
Brouillard
Raison perdue

Etincelles chauffantes au déclin de la nuit
Alerte et gare à qui voudrait me l'arracher
Soleil
Soleil enfin venu sur la nuit détresse d'un temps
Vive ceux qui n'ont pas faim d'aurore ni de rosée
ni de crépuscule ni de ciel sans étoile
ni d'immenses néants imaginaires ni
    de fourbes vérités
ni d'envols vers l'incertitude
ni de tempêtes orgiaques ni d'impuissantes réalités

Je suis l'indécence faite chair
Puisse la vie me pardonner ce que le ciel m'a
    permis d'être
Des mots ravagent ma mémoire
incapables de résumer le cri de ma honte
J'ai suivi le chemin docile des bien-pensants
Je suis à présent la volupté de la vierge indocilité
érigée en constantes infidélités
La vie se prend en main quand on la libère
La vie se laisse mouiller de pluie comme
le protectionnisme décrète la trève
Je vous aime muet agent de l'impudeur
Béni soit votre corps à l'harmonieuse musique

Bénie soit votre voix en spectre du péché
Mais comme c'est triste de vous voir pleurer sur
 mon sort
Il n'y a pas de malheur
Les mots sont d'ignobles tentatives de dispersion
et de diffamation
Leur importance se limite en fin de compte
à la manière toute conventionnelle dont on les écrit
Mettez trois m au mot flamme
ce n'est pas ce qui rallumera
 le feu des cœurs meurtris
Nous marchons sur la route infâme
 de l'inévitable mensonge
et le cœur trompé chagrin non plus n'est pas sûr
d'être dans le vrai
Ici l'île aimée perle au sein de nacre ensoleillée
l'île sous le grand vent du large inconnu
a bien des histoires à conter
Bazar à la ruelle tortueuse
Larme au coin du soir perdu
Vocable cousu de terrifiantes réalités
Cicatrice marquée à jamais au creux du tricentenaire
comme le cyclone cyclique redit le cycle de la vie
J'appelle ce peuple à l'éveil
La nuit a été longue
frémissante de mille palpitations à chaque heure
Extase parfumée de chaudes visions
 au seuil de la légende
Plusieurs étoiles sont mortes d'inanition

La sève coagulée d'une civilisation en extinction
ne peut plus couler dans les veines établies
si minutieusement pourtant
Tu mens lorsque tu dis que je suis comme toi
Pareil à toi
Mais regarde
regarde-toi
et puis regarde-moi
Et puis
c'est toi qui as tout construit
C'est toi qui as tout bâti tout élevé
tout cultivé tout faussé
Oui tout faussé
Depuis l'ordre naturel des choses des êtres
    et des riens
jusqu'au teint à présent blanchissant de mon âme
Tout faussé
Depuis l'équilibre de la mer salée
jusqu'à l'horizon brisé de mon regard presque éteint
Tu mens lorsque tu affirmes que nous sommes pareils
J'appelle ce peuple à témoigner devant l'histoire
Nous ne sommes pas ce que nous sommes !
Et puis
quand il l'aura su
Seigneur
donne-lui la force de payer
De payer le lourd tribut de plusieurs siècles bâtards
De siècles gâchés à brouter des
    merveilles abrutissantes

De siècles consacrés à l'avilissement
et à l'enfoncement de tout un monde
Qu'il se lave dans la sève saignante
de la liberté qui fait mal
qui donne mille regrets du temps de l'esclavage
qui rompt le silence et l'apathie
qui fait l'homme solide jusqu'à l'immortalité
Voici qu'enfin réapparaît à travers l'île aimée
le fantôme de l'ancêtre jusque-là recouvert par
les pages savantes de livres imprimés
Le feu follet revient
Vive la peur retrouvée après tant de siècles
de misérable trahison du rite
Je suis la matière abîmée et régénérée
La source tarie qui refluidifie la sécheresse
La lune refoulée qui pointe encore la lumière du nez de son croissant
La détresse remise en cause par un turbulent désir de vivre
L'orage injurié qui balaie
les poussières abjectes de fausses frénésies
L'épure d'un avenir commencé depuis vingt ans
et qui s'annonce grand
Grand à convaincre le monde entier
Le vent du large est aussi mien
Ne vous y trompez pas je ne viens pas de plus loin que vous
Ce pays est aussi mien
Car il aurait pu le devenir depuis plus de trois siècles

n'eût-ce été l'insondable décision du destin
l'indomptable volonté du hasard
Je me bats contre la hantise altérée de l'esclavage
en mouvement de par les mers
Fini le temps des cales obscures
avec leurs chaînes de misère
et leurs promesses de mort à crédit
Je me bats contre l'horreur fictive de ma vie
au fond d'une plantation coloniale de coton
de canne à sucre
ou de complexes négroïdes cultivés
    pour les siècles à venir
Je triture ma chair intérieure
du fin fond de ce qui reste de mon âme
Voici la victoire
Je la tiens à bout de bras
Criez les plaintes aiguës de ma gloire
Mais qu'attendez-vous donc
Je suis victorieux vibrant du timbre d'une
    aurore imprévue
Et je lève la tête jusqu'au faîte du jour
Jusqu'au faîte de l'an qui célèbre
    mon entrée solennelle
dans le concert des nations
Me voici à la tribune des hommes libres
Alors applaudissez mais applaudissez donc
Je ne suis pas mort dans la bataille
Je vis
Je survis

je revis puisque mort avant
Et voyez donc cela
je suis libre
L - I - B - R - E - cela se dit libre
Mais applaudissez donc !
Puisqu'en me libérant j'ai libéré aussi ce pays
Ce pays qui est aussi mien

Illusion
Illusion barbare
Terreur
Terrorisme sournois
Quand demain ma mère mettra au monde un enfant
hermaphrodite
souvenez-vous qu'il saura se baiser tout seul
dès le berceau s'il a un berceau
Sans l'aide d'aucun prêtre pédéraste
Sans l'aide d'aucune nurse anglaise
Sans l'aide d'aucune fédéraliste de l'union des
associations internationales pour l'exercice légal
du coït à pine excitée
Je vous le jure
L'enfant de ma mère saura voir le jour avant l'heure

Se battre sur un terrain plus favorable
Vaincre mieux que moi
Et me glorifier de la cîme de sa propre gloire
Illusion moderne coincée entre les quatre murs
de la réflexion antique
On dit que l'homme n'a pas changé depuis Adam
Etait-il différent avant ?
Illusion barbare fabriquée de toutes pièces
par des hommes dits civilisés
Je vous enverrai mon long poème de douleurs
étriquées
qui dit des mots indicibles quand il a bu
et renouvelle l'ivresse quand cesse la vie
Par lui vous saurez ce que vous avez fait
Vous avez conçu la lune et enfanté la boue
Et vos colonies éparpillées et déchiquetées
bavent encore d'ignominie et de détresse
Mais les îles
Quelle santé boiteuse ciel
Avec leur liberté embrigadée sous la chanson en
fête des doudous
Pierre nous l'a répété
Floralia le savait déjà
elle qui visite l'île aimée pour la deuxième fois
Ce n'est pas seulement le corps d'ébène qu'on a
affaibli
et tourné en ridicule
C'est surtout le cœur noir qu'on a passé à la chaux
Aujourd'hui il est blanc

D'un blanc cassé c'est vrai mais il n'est plus noir
Il ne le sera plus jamais
tranquillité assurée de nombreux matins de luxe
Va chercher ton identité dans un désordre aussi intelligemment organisé
Tu n'as pas de langue maternelle dis-tu
Je te réponds que si
Tu en as même deux
le patois et le français
Que te faut-il d'autre
A l'âge bilingue de notre temps
tout le monde saura respecter
l'homme francophone et patoiphone que tu es
Alors que personne ne prendra au sérieux
un bambaraphone du Mali
ou un swahiliphone de Tanzanie
Vive les phones privilégiés
dont tu as le privilège de faire partie
Pierre dit que je lui ai fait du bien parce que je lui ai fait mal
Pierre c'est Masoch lui-même
revu et corrigé dans les traits
par le chaud soleil des tropiques
Mon paradis est ouvert
Et feu vert pour la morne éternité des libertés
sur fond incessant de calme
Je bois à grosses gorgées les louanges d'un complexe qui m'échappe
Les mots clairs et musicaux de ma langue maternelle

sont autant de soleils luisants
et de marques de fraternité
Je les martèle fier au mépris d'un monde qui naguère
m'intimait l'ordre de les oublier
Ils parlent comme ils partent
Avec leur immense dédain de la rancune
Avec leur vibrant appel à l'amour
Avec leurs consonances incisives
Et leurs symphonies de voyelles lubrifiées de
    symboliques onomatopées
Ma langue bantou
Ma langue maternelle
Je n'en ai qu'une
Mais qu'elle est belle !
Pardonne-moi Pierre
Je ne savais pas que de la parler en chanson d'amour
cela te ferait mal
en te faisant du bien
Mais que mangerai-je jamais qui soit meilleur
que le pain savoureux et revivifiant
    de mes mots bantou
La langue est comme l'idée qu'elle exprime
Personne ne peut la capturer l'enchaîner l'emprisonner
    la tuer
tant qu'il reste des hommes pour la parler
un peuple pour la vivre
Voilà ce que j'avais l'habitude de penser autrefois
Et le souvenir de toutes mes études
menées inconditionnellement en français

et qui n'arrivèrent pas à exterminer ni en moi ni
autour de moi
la langue véritable de mon peuple
semblait me donner raison
Mais surtout je restais reconnaissant
à ce puissant analphabétisme moins anachronique
qu'on croit
sordide allié grâce auquel persiste encore en Afrique
le dialogue naturel de l'homme et
de la nature humaine environnante
J'en étais encore là au moment même
où j'abordais l'île aimée
Puis voici que la langue sombre dans les flots
et se dilue en pure perte
dans des profondeurs d'inconnu et de silence
Les vapeurs de rhum qui couvrent l'horizon
là-bas
sont des brumes traîtresses
éliminant le sang tribal à l'approche d'un nouveau
soleil
Mes croyances rassurantes battent de l'aile et
s'estompent
Pourquoi ne parles-tu pas créole
me demande quelqu'un
Parce que je suis un Africain, dis-je
Mais
poursuit mon interlocuteur
Nous aussi nous sommes des Africains !
(!!!)

Non Pierre
Les tiens et toi-même n'êtes pas des Africains
Certains de vos ancêtres en ont été c'est vrai
Parce qu'ils étaient bel et bien venus d'Afrique
Avec des langues que parlaient leurs tambours de
joie ou de tristesse
Vous
Vous êtes venus... de cette île-ci
dont vous parlez des langues maternelles
que vos tambours
ne savent ni comprendre ni parler
Là-bas en Afrique les tambours de vos ancêtres
parlaient pour unir ou réunir le peuple
Que disent et font donc les vôtres ?
Non, Pierre
Toi et les tiens devez cesser de vous préoccuper
de vous rattacher coûte que coûte à l'Afrique
Vous n'êtes pas des Africains
et grand bien vous en fasse
Vous êtes des Antillais
Avec deux pieds pour marcher et danser
une bouche pour le sourire fabuleux d'un
chaleureux accueil
deux bras pour travailler ferme
Et une tête pour le salut de votre identification
Moi je vous aime comme ça
Je vous aimerai toujours
tant que vous vous souviendrez que l'homme
n'est pas

ce qu'il n'est pas
ce qu'il croit devoir être
Cela touche à l'utopie
Ni ce qu'il croit pouvoir être
Cela reste dans le domaine de l'avenir
insondable par excellence malgré
la volonté des héros

Enfin voici le cordon ombilical définitivement coupé

La mince traînée de sang qu'il a répandue
sur le sillage maritime des négriers
a disparu dès le siècle venu
Soyons de notre temps
Puisque plus de trois cents ans de vie
vous séparent de vos ancêtres
Floralia opine
Je marche à pas de barbare
    sur l'épaisse couche d'illusions
qui couvre encore notre île aimée
Je ressemble de plus en plus à l'intolérable indécence
sans laquelle l'homme ne progressera jamais
    véritablement
Ne sommes-nous pas nés de l'indécence
Sinon pourquoi se cacherait-on pour faire des enfants
Et puis dites-moi quelle décence excessive vous voyez
dans cet étonnant proverbe : qui aime bien
    châtie bien
L'heure sonne qui dit de se lever

Le soleil ne se couche jamais le matin
Faisons comme lui
Embrassons le jour qui point, promesse infaillible
de l'avenir
Le passé est derrière l'immense rideau
de ces ténèbres
qui traînent encore à l'arrière-garde de l'aurore
Lorsque j'y regarde je vois
le vert évanoui des branches tenaces d'un vieux
baobab équatorial
Cet arbre plusieurs fois centenaire est un dilemme à
lui tout seul
Faut-il l'abattre parce que l'ombre de la nuit des
temps
lui a enlevé son ombre ?
Faut-il le laisser en vie même si
jamais
personne ne saura lui arracher le secret de sa
longévité ?
Cet arbre est mal venu, là,
au beau milieu de notre prochaine autoroute
Mais au pied de ce vieillard de la forêt
se rencontrent du matin au soir
les souffles des aïeux sous la forme de mille proverbes
devinettes masques et fantômes
sans lesquels notre vie est impossible
Allons-nous nous laisser mourir en cet arbre
pour laisser passer l'utile et polluante voiture
automobile ?

Un jour il naquit avec le passé
et grandit avec son présent à lui
Ainsi le passé est présent en lui
C'est ce qui nous fait mal
Le passé est présent en lui
C'est ce qui nous fait du bien
Il faut cesser de grimacer en le regardant
Il faut plutôt aimer savoir qu'il nous donne
une belle leçon de santé et de bonheur
Parce qu'il s'assume tel qu'en lui-même
quelles que soient les circonstances
Un cri aigu s'échappe de ma mémoire en ruines
C'est le chant impertinent de ceux qui savent
qu'il ne faut pas tout savoir
La route
C'est la vie
Elle est longue parmi ses palmes de douleurs
et de mugissantes joies
Entre les jambes s'ouvre le chemin et je sors,
grandi par la peur vaincue
Floralia se sent libérée
Elle recommencera plus tard
Toi qui m'accusais jadis d'être cuit
à l'eau ramollissante des tirades de la
    Comédie Française
Voici que maintenant tu me montres du doigt
en criant à qui veut t'entendre
que je suis recuit comme par le feu technologique
    de l'acier trempé

Les temps ont bien changé vois-tu
Mon tam-tam à présent me baise le bas-ventre
et provoque l'ensoleillement de tout un être
en rythme
Jamais plus la physiologie ne s'y trompera
elle qui voulait me laisser en rade au beau milieu
de l'aurore
Repose-toi Floralia
Tout ce que tu as entendu aujourd'hui
remontera la mécanique de ton raisonnement
pour plusieurs semaines de réflexion
Repose-toi
Nous reprendrons la route plus tard
Tu es fâché Pierre
Je le vois à ton air soudain détaché
Tu ne veux plus me parler de tous ces problèmes
de ton île
Ton île
Qui est aussi mienne, j'insiste
Car s'il est vrai que dans ton cœur
cette île est aussi vieille que le souvenir de tes
ancêtres
il est tout aussi vrai que tes ancêtres africains
auraient bien pu être les miens aussi
N'était-ce ce hasard occulte qui veut des métis
et des quarterons de l'un ou l'autre d'entre nous
sans préciser pourquoi
Tu m'as accueilli à bras ouverts
parce que j'ai joué ma musique en toute quiétude

et dit sans malice des poèmes de Césaire
A présent tu penses que dans le fond
la seule chose intéressante en moi
c'est ma musique
Et tu te fâches parce que je refuse d'être seulement
un musicien
fût-ce un compositeur
Parce que je me permets de penser
de réfléchir
Parce qu'au lieu de m'intéresser à la seule combinaison des sons
pour le plaisir bourgeois des honnêtes gens
je me mêle aussi de problèmes intéressant l'humanité
et l'ensemble de ma race d'homme
Parce que je suis avant tout
en tout et pour tout
Un homme
Oui je te remercie mon Dieu de m'avoir créé homme
Simplement un homme
Décidé à vivre pleinement sa mission d'homme
au sein de la société des hommes
Parce que je vois en toi
non l'Antillais tressé de complexes
que tu n'hésites pas à promener de par la ville
mais l'homme que tu es
Et qui n'a pas besoin d'être Antillais ni Africain
ni posséder aucun des attributs décernés par le hasard de la naissance

T'es-tu jamais demandé pourquoi un Allemand n'est pas un Asiatique ?
Et moi qui te croyais vivant près de Dieu parce que
tu cotoies la musique
Si tu savais combien je me moque d'être plutôt africain
que descendant des Vikings
Si tu savais comme il est vain d'être américain plutôt que français
et vice versa
Si tu savais combien cela m'a été équilatéral d'être
au plus fort de la colonisation française
un noiraud descendant de
Gaulois-cheveux-blonds-tête-ronde-yeux-bleus-gueule-de bois-et-barbares-de-surcroît
Si tu savais combien j'ai soif
chaque jour davantage
d'être de demeurer de toujours redevenir un homme !
Simplement un homme
Je te remercie mon Dieu de m'avoir créé homme
Si tu savais...
A tel point que ton injurieuse serveuse de l'aéroport
en a frémi en entendant le rire éclatant avec lequel
j'ai accueilli ses insanités
Tu l'as entendue tout à l'heure
Floralia ne savait plus où se mettre
Ni comment prendre la chose

Tu as dit à la serveuse
« Pour comprendre ce que je veux dire
vous devriez aller en Afrique »
Et elle aussitôt
Comme des mots entassés par piles organisées
dans le creux de son éducation la plus coloniale :
« Je ne veux pas aller en Afrique »
« Comment ? »
« Je dis que je ne veux pas aller en Afrique
j'ai peur de l'Afrique
car les Africains sont sauvages
j'ai peur d'eux »
« Mademoiselle, lui as-tu répondu,
sachez que le monsieur juste en face de vous
est un Africain »
Confusion chez la jeune femme
Mille excuses proférées
parmi lesquelles ce « Monsieur n'est pas un sauvage
non, Monsieur, vous n'êtes pas un sauvage »
qui me distinguait des autres
Et moi qui riais
Qui riais fort
remerciant le ciel de m'avoir fait enfin entrevoir
la vérité
d'une mentalité bloquée derrière le sourire accueillant
et sympathique
Moi qui riais nerveusement de me retrouver soudain...
en Afrique

terre privilégiée de culture de complexes de
toutes sortes
Car cette jeune femme
comme vous ne vous en doutez pas
était aussi noire que moi-même
avec d'ailleurs un peu de ce type bantou
qui nous aide à nous reconnaître les uns les autres
à travers peuples et siècles
Je la vois encore d'ici
avec sa démarche gauche au milieu d'une civilisation
faite pour d'autres qu'elle-même
Avec sa paire de fesses sans peur
pointées délibérément à l'encontre de toute attaque
ennemie
par la façade arrière
Un arrière-train disproportionné par rapport
au reste du corps non sans raffinement
tout bien pensé
Une devanture arrière sans provocation excessive
mais tellement présente
Avec sa petite frimousse chocolat très dur à croquer
aux traits continentaux et insulaires à la fois
Avec ses mains quelconques aux doigts mal finis
servant la tranche de citron avec un demi-ton fébrile
de malaria estompée juste à temps
Avec sa stature de canne à sucre d'autrefois
non encore fermentée
Elle était sûrement vierge encore
vu l'air étriqué de sa démarche

Elle toute menue
Plus tard elle connaîtra le colossal désir d'un mari
grand consommateur de rhum
à la recherche forcenée de l'argent-braguette
Elle fera beaucoup d'enfants
De préférence de moins en moins noirs
De café au lait en cochon gratté
Si bien qu'à la troisième génération elle deviendra
le seul ridicule point noir de sa propre descendance
Elle ne le sait même pas
Avec son air innocent de servir des tranches de
citron
auxquelles elle ne croit pas
J'irai te voir dans cent ans ma mie
quand tu auras toujours peur des sauvages de
l'Afrique
Veuille ton île hospitalière m'offrir encore le plaisir
de te retrouver serveuse au même bar
du même aéroport
pour me servir le même rhum blanc
soudé au même sirop de sucre de canne
par l'entremise de la même tranche de citron
Floralia viendra aussi
Et Pierre, bien sûr
Plus volubile et réel que jamais
Nous serons aux premiers jours de décembre 2075
Heureux d'avoir retrouvé la vie après
deux ou trois guerres nucléaires
L'île aimée respirera encore l'air cristallin

d'un festival international de guitare
Avouez-le
C'est meilleur que de boire de grosses quantités
d'eau de Javel par la gorge escarpée
de robinets mutilés
Floralia tend le bras et s'enfonce dans l'essentiel
Nous voulons aimer
Nous devons aimer
Tout
Y compris l'amertume qui prolonge indélicatement le passé
Tout
Depuis la fin du prestigieux royaume de Kongo
jusqu'à la mort de Martin Luther King
Tout
Depuis la profanation des rites de jadis
jusqu'à l'emprisonnement des masques
et des statuettes
au nom risible de la conservation
Mais voici qu'à présent d'anciens esclaves
libérés
épanouis et civilisés de fraîche date
se mettent eux aussi à observer l'Afrique
du bout malsain de la lorgnette ethnologique
De Santos décide un jour d'aller
étudier la vie quotidienne d'un village de forêt en Angola

Mère
la ruse du temps ne m'a rien fait oublier
Mère aux bras nus
aux mains riches de caresses
aux lèvres gonflées de sourire gencives de joie
Mère en nattes de cheveux à la pointe de la
beauté
Berceuse adulte au creux de mon oreille d'enfant
Douce interjection à l'heure de mon réveil
de ma soif
de ma faim
misère et confort tout à la fois
Mère que jamais nul ne remplacera
Mère
la ruse du temps ne m'a rien fait oublier
Ta vie a fait la mienne
et mon bonheur la lueur sacrée de ton
tunnel de peines
Tu enfantas l'Afrique
et moi à sa remorque au fil de temps plus durs
jusqu'au confluent des émotions raisonnées prônées
par d'autres peuples
La mer n'a plus son bleu d'antan
Le ciel a flétri l'azur heureux à l'approche de
l'Occident
Un temps délavé pourchasse l'innocente paresse
comme la nuit à l'œil crevé approche
et se fait faussement tendre
Mère

les ans civilisés ne me feront jamais oublier
le souffle vivifiant de ta parole
à l'aube de ma vie
quand les mots n'étaient rien qu'un peu de toi pour m'aider à vivre
Nous n'avons point de richesses
Nous vivons de l'air invisible dont le partage tacite
se fait à l'écart des discordances et des inimitiés
Notre communauté est une et indivisible
Notre lait maternel se boit chez ma mère ou chez la voisine
Notre moi est allure d'avenir et fière promesse d'un monde meilleur

De Santos découvre enfin quelle vie menaient
ses ancêtres du temps lointain de la liberté
Non, se dit-il, je n'échangerai pour rien au monde
le confort de Bahia
contre ces joies primitives
Je vais m'en retourner chez nous

Au moment de quitter le pays
Il reçoit des mains du chef du village
un vieux masque
du genre destiné à honorer les visiteurs de marque
« Étranger, lui dit le chef, ce masque est

tout ce que nous pouvons offrir
mon peuple et moi-même
à un homme qui a su forcer notre admiration
et conquérir notre amitié à tous
Nous n'avons pas de richesses
mais nous te donnons là ce que nous avons de plus cher
Que ce masque t'accompagne jusque dans ton lointain pays
et t'aide à déjouer les mauvais tours du sort
tout au long de la route de la vie
Traite-le avec égard
car c'est une véritable personne
— Oui, c'est une véritable personne
acquiesce la foule rassemblée sur la place du village
Moment solennel
— Aussi, continue le vieux chef,
te sera-t-il formellement interdit de vendre
ou de donner ce masque à qui que ce soit
— Non, dit la foule en chœur
il ne faudra ni le vendre ni le donner à qui que ce soit ».

De Santos promet de respecter la consigne
et s'en retourne à Bahia

Triste et long voyage pour le vieux masque
Quitter l'Afrique pour l'inconnu
à l'instar des esclaves de jadis
c'est mourir sans y songer
Pourtant Bahia se présente telle une succession
de villages de danses et de musique
Soudain le vieux masque retrouve son air épanoui
et son sourire magique
à la vue d'une nouvelle Afrique
Et ravi le voilà qui danse à la fête comme naguère
sur l'ancien continent
Les tams-tams du Nouveau Monde régénérés
par la magie d'un masque africain authentique
Puis la vie continue
heureuse et tranquille
jusqu'au jour où De Santos
oubliant sa promesse au vieux chef angolais
offre le masque à un musée
Quelle joie dans le pays que cette « pièce unique »
dans le musée !
Plusieurs colonnes à la une des journaux
Sujet exceptionnel de milliers de conversations
Nombreuses interviews de l'ancien propriétaire du
masque
à la radio et à la télévision
Et du fond de la luxueuse vitrine où il a été enfermé
le vieux masque voit défiler
une journée tout entière

des visiteurs heureux venus le contempler
Seul lui n'est pas heureux
Aussi décide-t-il d'en finir avec la vie
Et le lendemain matin
des dizaines de visiteurs venus exprès pour lui
trouvent au fond de sa belle vitrine
le vieux masque fendu en deux
Dans la nuit, fou de colère, il s'est suicidé
x
x.........
Nous voulons aimer
Nous *devons* aimer
Tout
Y compris l'amertume
qui prolonge indélicatement le passé
Aimer inlassablement
en arracher le loisir au temps qui passe
Voici ma lettre d'amour à une dame vieille de plusieurs siècles
et que je connais jeune de vingt-cinq ans
Madame je t'aime
Parce que tu vibres de la même passion instinctive
depuis que je suis au monde
Parce que tu as daigné m'accueillir
et me faire une vraie place
dans ton royaume séculaire d'adorateurs de l'invisible
Je t'aime
Grande dame aux éclisses solides

Tu as donné à l'île aimée un timbre de biguine et de mazurka
Un parfum de soleil couchant
conjuguant mer et ciel au même temps
Au même moment du jour finissant
Là-haut le morne s'éteint doucement dans une brume imaginaire
Le chant heureux s'allume de joie dans la nuit qui commence
Pourquoi vous couchez-vous si tôt ?
On dirait des broussards étouffés de peur une fois l'ombre venue
On dirait des sous-développés sans radio ni télé ni ciné ni théâtre
Ni même sans la simple envie de rester vivants en biguine et mazurka
Madame, lorsque je te prendrai dans mes bras
tu pleureras de joie en racontant
l'histoire inachevée des vapeurs de rhum
Vapeurs lisibles sur les étiquettes
Vapeurs de sueurs diurnes faites jus de
canne à sucre
Vapeurs stériles de mécontentements inassouvis
Vapeurs vierges de l'amour entre deux coupes
Vapeurs fertiles ô combien
Et de la surpopulation à venir
Méfiez-vous
L'île n'a pas autre chose que ses propres limites
Il faut bander à bon escient

Il faut lésiner sur la prolifération menaçante
d'individus ordinaires
Cessez donc de cribler de trous vos chères capotes
anglaises
Je vous en conjure, n'oubliez pas le temps qu'il fait
Sortez travailler la nuit s'il le faut
mais ne rêvez plus de vous maintenir en
équilibre stable
quand la nuit couche-tôt favorise
la venue au monde de produits à problèmes
d'identification
En un mot
Soyez prudents !
Toute la journée j'ai pensé à Floralia
Elle est belle
Un vrai moule à bébés
Mais vous savez qu'elle n'est pas née dans
l'île aimée
Et moi non plus
Supposez donc qu'elle se maintienne dans l'idée
de me faire un bébé ici
Quelle nation acceptera jamais le chérubin...
Un problème de carte d'identité de plus
Non, arrête, Floralia, arrête !
Tu me regardes avec des yeux étendus
La bouche ouverte
Un bébé, tu sais, c'est plus compliqué que ça
Il lui faut un sol natal
un vrai

Un père natal
un vrai
Une mère natale
une vraie
Une forêt une brousse une savane
ou une mer natale
Une vraie
Tu crois que tu existes parce que tu te palpes les cuisses et les jambes
et te sens venir du plus profond de tes régions basses
hautes en intelligences créatrices
Moi je te dis que tu n'existeras jamais
tant que tu n'oublieras pas que tu *es.*
! Amen !
Je revendique publiquement la nécessaire modification
de principes philosophiques séculaires
qui excluent de l'existence tous objets et tous êtres
non pensants
Pourquoi l'homme serait-il le seul roseau pensant de la nature
Et, dans le fond, qui a dit que le roseau, l'autre, le vrai
n'est pas, simplement parce qu'il ne pense pas...
D'ailleurs, qui sait s'il ne pense pas.
Repose tes vertus libératrices de vie
Tu iras faire ton bébé ailleurs
L'île aimée est peuplée de métis, de mulâtres, de tous gens colorés

C'est vrai
Mais ces gens ont le pied fermement rattaché au cœur de l'île
Il y a entre elle et eux un pacte
une sorte de complicité qui tient de l'occultisme
D'un ésotérisme total pour les non-insulaires
Nous vivrons cent ans ici
Nous ne serons jamais des Antillais
Car ces derniers, eux, sont issus d'un déchirement spectaculaire
à la suite du ravalement d'une race
Paix de l'âme interdite
Abrutissement à coups de fouet
Lavage de cerveau
Inoculation méthodique de *la* civilisation
et de l'oubli du passé
Probablement, ils existent avant tout
parce qu'ils ont oublié ce qu'ils sont
! Post-Amen !
Nos enfants à nous ne passeront jamais par un chemin comparable
Nous sommes homme et femme de la lumière nouvelle
Rayons de liberté et d'extravagance
Matin ensoleillé au cœur du printemps
Rire sans fard
Pardons inutiles, la coupe de servitude ayant été administrée
et bue avant notre jour

Nous sommes homme et femme de l'incolorable
race des hommes
Puissants de vie
Avec pour seules lois sacrées le travail et l'amour
Notre histoire ne saura jamais s'insérer dans celle
de l'île aimée
L'île aimée ne nous intégrera jamais
Ni nous-mêmes, ni nos enfants
Pense donc à la pilule, Floralia,
Pas aux enfants
Je revois ton sourire amer en ce matin d'espérance
où l'heure du travail avait sonné
pour les autres gens
Toi qui croyais qu'un poète était un artiste
Et qu'un artiste ça faisait l'amour les yeux ouverts
sur l'unique présent
Toi qui croyais que j'étais l'artiste décontracté
que tu avais vu sur une scène
résistant à l'assassinat des projecteurs
Toi qui croyais que j'allais te faire
un enfant-artiste-jusqu'au-bout-des-ongles
Et l'abandonner au contrôle de tes seules illusions
Et faire de toi la fille-mère en épilogue èmelleffienne
Ou la préface d'une nouvelle histoire de l'île
Tu vois, le vieux masque s'est suicidé
mais il n'est pas mort
Il traverse dans l'autre vie sa crise de bon sens
élémentaire

Il veut maintenant des passions gratuites
non porteuses de fruits
Les plus succulentes
Les plus exquises
Madame, d'amour me fait mourir ton chant
Mais de grâce range tes poèmes érotico-philosophiques
dans un tiroir fermé à clé
Et quand le chant du coq viendra nourrir
    le petit matin
Pardonne-moi si je n'écoute point ton râle perpétuel
à propos de l'être créateur destiné à procréer
    perpétuellement

Je ne vivrai pas cent ans dans l'île aimée
Pas cent ans non plus avec toi, mon île mouvante
J'irai retrouver un jour prochain le continent
où m'attachent la vie et la mort
L'âge né de l'âge mort
Aussi vrai que l'histoire du marabout tueur
Là-bas, sur le continent, le jour s'éclaire encore
comme si de rien n'était
Il s'est pourtant passé quelque chose !
Griot, prends ta kora, et raconte-nous
    ce qui s'est passé !

Quatre notes et trois arpèges
Omar se tient sur le rivage et hume l'air marin
d'une narine vierge
L'autre narine est bouchée par un petit entonnoir
de feuille verte contenant divers ingrédients du sort
Il se passe quelque chose dans le vide
de la pensée animiste
Le talisman aveugle
Omar le tient coincé dans la narine droite
Tandis que de l'autre il renifle inlassablement
le temps du soleil couchant
Face à l'Occident enflammé
« Compte neuf fois neuf unités, posément
Puis, sors l'entonnoir de la narine et enfouis-le
dans le sable
Là où le sable est à moitié sec et à moitié mouillé
Après cela, mets-toi à courir à partir de la plage
Vite
En comptant un, deux, trois, quatre... neuf ; un,
deux, trois,
quatre... neuf ; un, deux, trois... etc., jusqu'à ce que tu
aies compté neuf fois neuf unités.
Lorsque tu l'auras fait, arrête-toi de courir
Marche alors d'un pas tranquille
Du pas tranquille de l'homme
En respirant normalement
Ce sera la fin du crépuscule
Des ombres commenceront à te côtoyer

Marche droit devant toi, sans regarder ni à droite
ni à gauche
Si quelqu'un de l'ombre te touche
Fais comme si tu n'avais rien senti
Rentre à la ville
Et jusque chez toi
En évitant absolument de parler à qui que ce soit
en chemin
La nuit venue t'y aidera
Tu verras
Une fois rentré dans ta maison,
tu pourras enfin parler
Et oublier tout ce que je viens de dire
Le fétiche ainsi honoré fera le reste
Tout le reste. »

La lune dans le ciel a bien ri ce soir
Omar ne sait pas qu'elle l'a vu
Oui, bien vu
Tout vu
Mais elle ne racontera rien de ce qu'elle a vu
La lune joue les voyeurs, pas les rapporteurs
Une lune qui rapporte est aussitôt
chassée de la tribu

de la tribu des lunes
et aussitôt remplacée par une autre
une autre lune
Mais comme la chose n'arrive jamais
nous avons la même lune dans le ciel
depuis la naissance des nuits de lune
Sûr que nous la garderons des siècles durant encore
toujours au même endroit
toujours au fond de la même discrétion de lumière souriante
Lune, j'irai parler aux Américains
Je leur dirai de ne plus fouler au pied
le poème sans message de ton croissant
Ils m'écouteront sans rire
Conscients enfin de leur profanation
Ils t'élèveront un gratte-ciel d'excuses
Avec des fenêtres rondes et brillantes comme des étoiles sur la ville
A vrai dire, tu t'en moques
Ce brave Omar est plus intéressant que tous leurs astronautes réunis
Je te comprends
Omar
Un fonctionnaire du gouvernement
Non menacé de faim ni de chômage
Un agent fidèle de l'Administration
Un vivant produit de ce que la colonisation a fait de plus impérissable
Omar a des problèmes

Sept créanciers sont à ses trousses
depuis son dernier mariage
Sa troisième épouse
la dernière en date
a trente ans de moins que lui
C'est pourquoi l'épreuve la plus rude pour lui
a été de courir
à partir de la plage et jusqu'au moment où il avait enfin compté
neuf fois neuf unités
Sa troisième épouse
jeune et belle
est cause de ses ennuis
Ennuis financiers
Sept créanciers à ses trousses depuis plus d'un mois
La crise mondiale les a rendus intraitables
Et puis on les comprend
Quand on se marie en étalant sa richesse devant tout le monde
on a le devoir de pouvoir payer ses dettes
Faute de quoi on est condamné à courir
à la tombée de la nuit
en comptant neuf fois neuf unités
Et les faits sont là :
Omar ayant obéi scrupuleusement
aux ordres du marabout
le fétiche s'est occupé du reste
De tout le reste
Un matin, alors qu'il se préparait à se rendre

à la maison du gros Omar
le premier créancier est tombé raide mort
Aucune autopsie n'a révélé
les causes de ce décès subit
Un autre jour
un deuxième créancier a été tué
dans un accident de la circulation
à quelques dizaines de mètres seulement
de la maison d'Omar
Le troisième créancier est mort
à la suite d'une crise cardiaque
On ne sait pas ce qui a tué les autres
Toujours est-il qu'en moins de deux mois
le gros Omar s'est trouvé débarrassé de sept créanciers gênants
C'est vrai
C'est vrai
N'importe qui vous le dira tel quel
Ils ont disparu l'un après l'autre
sans que personne pût en déterminer la raison
et d'ailleurs, aussi, sans que personne
à part Omar et son marabout tueur
établît un quelconque rapprochement des faits
Ailleurs au monde
on eût parlé de crime parfait
Floralia n'en croit pas ses oreilles
La voilà partie à réfléchir
à analyser
Pour elle, toute cette histoire

est un pur tissu de superstitions africaines
A la rigueur, un fait du hasard
Mais quand le hasard se répète sept fois de suite
autour d'un même fait
d'un même homme...
... — Tu es sûr qu'ils sont morts tous les sept ?
— Morts, bien morts, tous les sept, pas un de moins.
Pierre ouvre de grands yeux sortis de l'école
« universelle » du raisonnement logique
Il a du mal à se situer dans le contexte
d'un simple fait divers africain
qui ne requiert justement pas de
raisonnement logique
Mes amis, que cherchez-vous donc à comprendre...
Naître et mourir sont marqués du sceau permanent de la simplicité
Mais voici Omar
Quelque temps après.
Depuis la disparition de ses créanciers
Omar néglige de payer au marabout ce qu'il reste lui devoir
Jour après jour, il revêt son beau costume blanc de fonctionnaire modèle
et se réfugie derrière son bureau en bois solide
Jour après jour, un planton entre pour lui dire
qu'il y a là, à la véranda, un marabout
qui souhaite lui parler
Jour après jour
Omar rétorque qu'il n'est pas dans son bureau

Ou qu'il est trop occupé
Ou bien encore qu'il n'a pas de temps
Un soir, enfin, ils ont eu une
altercation dans la rue,
assez bruyante pour attirer l'attention des passants
Puis le marabout s'en est allé
en vomissant des injures et des menaces
Sais-tu, Floralia,
Sais-tu, Pierre,
que le gros Omar est mort moins de dix jours après
cet incident ?
Simple coïncidence !
C'est vrai
Qui pourrait prouver autre chose ?
Mais depuis, là-bas, sur le continent,
les gens parlent du marabout tueur
Que personne n'arrêtera ni n'emprisonnera
faute de preuves de sa culpabilité
Un jour il mourra à son tour de sa belle mort
Beaucoup de gens le pleureront
Continent de bonté
et de résignation face aux caprices du sort
et des sorciers
C'est ce continent-là que je veux revoir
à la fin de mes hasardeuses pérégrinations

Je ne vivrai pas cent ans dans l'île aimée
Ni cent ans avec toi qui as foi en ta civilisation
et qui gonfles d'orgueil tes narines
à l'approche des vents superstitieux
Je te le redirai autant de fois que tu me le demanderas
Tes enfants de moi
ici
seraient tels des arbres sans racines
Tu crois que ce pays est le tien
Au nom de la République une et indivisible
Le temps dira à l'histoire si tu avais raison
de croire cela
Voici que déjà se prépare la fin d'un jour morbide
Des racines oubliées siècle après siècle
à l'ombre lointaine du baobab
se cherchent
et se perdent en conjectures
Naîtra demain
Rien ne changera
Mourra demain
comme si rien n'était né
Espoir mal vu
Désenchantement festoyé à prix de langouste
Barbares immolations retrouvées
au fond d'une civilisation en putréfaction
Je veux mourir en paix sûr d'avoir été vaincu
Je veux mourir en paix
suite à une lutte que je n'ai pas menée
Déjà l'environnement défiguré chante

la gloire de l'oppression
Seigneur conserve-moi ceux des sens par lesquels
la mort illusoire me mettra à l'écart pour voir
Voir avec mes yeux de mort
plus clairvoyants que nature
la tempête sauvage qui installe à jamais
des croyances dépassées
sur tout un peuple désorienté
Déjà le béton absurde du paysage m'est devenu habitude
On se fait à tout
Seigneur conserve-moi dans le creux de la main
ce long poil séculaire grâce auquel
je resterai l'indésirable fainéant
perdu dieu merci dans un monde de travailleurs et d'assassins
Et des bruits fertiles en catastrophes
me parviennent du futur
couverts par l'ignoble tache de sang qui perdit Lady Macbeth
Je veux mourir en silence
quand autour de la ville en feu
tonnera triomphal l'infernal
Illuminé par les phares chercheurs
de quelque brigade en excès de zèle
Ecoutez
Messieurs
Ce n'est pas une trompette qui sonnera
la fin du carnage

A minuit
Faites-y bien attention
Exercez vos oreilles
La trompette ça sonne comme ceci :
« Wa-wa-wa-et-puis-j'en-ai-marre-car-je-préfèrerais-faire-partie-de-l'orchestre-de-Duke-Ellington-Wa-wa-wa »
Cela c'est la trompette
Je vous assure que ce n'est pas ce que vous entendrez
pour signifier la fin de l'impitoyable carnage
à travers l'île aimée
Ce que vous entendrez
Ce sera le clairon des guerres sans but
Celui qui ordonna à la Division Leclerc de se mettre en marche
Celui qui faisait monter et descendre
le drapeau français libre bleu blanc rouge
du gouverneur général Félix Eboué
— oui, oui, l'homme de la place du 12e arrondissement de Paris —
du temps où l'ennemi était Hitler ou Mussolini
avec leurs Allemands nazis
et leurs Italiens idées en faisceaux
Le clairon clair comme le sang innocent
Le clairon meneur toujours assoiffé de batailles
Celui qui sonne la fin des exécutions sommaires
à l'ombre des combats loyaux
en criant, non « enfin la paix »

mais « Zut-pourquoi-m'avait-on-fait-croire-que-cette-tuerie-durerait-la-vie-entière ! »

Ma Bible reste ouverte sur l'éternité de la Genèse
Lorsque je veux revivre
je monte sur la colline du sacrifice
et vais tenter de mourir avec Isaac
De là-haut je domine le ciel et la terre
Je suis au plus haut de l'homme
avec ma vertu qui donne à manger à Dieu
Un bûcher s'allume, fait pour moi
Pour ma peau à brûler
Pour mon âme à incendier
Pour la pureté à défendre
Quand donc comprendrez-vous de quoi il retourne !
Je me réveille en cendres voguant sur les flots de la Rivière
Assumées par le Jourdain
Utiles à ceux qui croient que par-delà Abraham
et le sacrifice d'un adolescent
il y a Jésus-Christ père et fils
avant l'heure de notre ère

Voici ce que j'ai trouvé
dans la caverne obscure du pardon :

des jambes en forme de péché
Un corps enduit de péché
Une tête farcie de péché
Tout un être sur mesure que je me suis approprié
pour être lui
et afin que lui devienne moi
Je plante des vertiges maladroits
tout au long de mon long chemin
Y tombent mes regrets, faute de ceux d'autrui
Je ne puis défendre les absents devant Dieu
Venez vous-mêmes et vous aurez la salive d'ambroisie
qui délie la langue pour une saine plaidoirie
Soyez présents et participez à votre propre défense
Nous ne sommes plus les opprimés de l'autre monde
Nous louons l'âge mûr de l'avenir infini
et donnons à notre joie la palme toujours verte
d'une humanité en transformations incessantes
Enfin nous allons savoir écrire le mot VICTOIRE

Pierre n'a pas détourné son regard de moi
Merci
Je ne suis donc pas le prophète prêchant dans le désert
quand la manne sèche et durcie peu à peu
s'est transformée en galette punitive
à rassasier les adorateurs du veau d'or

Je ne suis donc pas le prophète malhabile promettant
la rancune de Dieu à la terre ébréchée
Je ne suis donc pas le couperet apocalyptique
tranchant méthodiquement la tête de tous ceux
qui n'auront pas su comprendre
ce qu'aimer veut dire
Je ne parle donc pas au nom d'un dieu-satan
capable seulement de vengeance
sur un monde qu'il a créé
et qu'il n'a pas voulu guider lui-même
Auquel il n'a pas voulu épargner le crime
le malheur la ruine définitive
Mais je vous l'annonce :
vient un cyclone nouveau
réparateur de nos maux
organisateur de notre victoire
purificateur de notre société
En mourra qui n'aura pas su prendre appui
sur le vrai
Mort sans appel
Bien au-delà de l'au-delà
Reste-t-il dans ma calebasse assez d'ombre liquéfiée
pour ressusciter la foule décimée à la rencontre
des flots et du vent
Déjà planent là-haut
légendaires rapaces
des vautours à l'effrayante vigueur
Cette fois-ci les morts mourront bel et bien
Yeux chair et os picotés sans merci ni scandale

Le cyclone purificateur sème
les restes de la civilisation
aux quatre coins de l'aire
tels des garde-fous en forme de dérision
Puis l'haleine vertigineuse calmée
voici que recommence le balancement d'un hamac
sur la pointe d'un rayon de soleil
Lumière
Lumière
Dans le filet blanc du hamac
somnole une femme noire
Qu'elle est belle
Dire qu'hier encore elle plongeait
ses jolis petits pieds
dans la fange des marais
et la boue des plantations de canne à sucre
Qu'elle est belle
avec ce sein droit pointu qu'elle a oublié de couvrir
Belle dame je donnerai à chacun de tes étés prochains
un festival d'entretien pour
la flamme de ta liberté nouvelle
Dans le soir pourpre
elle quitte son hamac et va s'enfermer
dans la maison de feuilles jaunes et vertes
épargnée par le cyclone
S'enfermer pour vivre enfin libre
elle
l'ancienne esclave du plein air ligotée aux exportations
    de rhum

S'enfermer pour mener enfin sa liberté en toute vie
« Et que va-t-elle faire de sa liberté ? »
me demande Floralia épuisée par le cyclone
Pierre garde-toi de prendre pour saugrenue
    cette question
Je l'ai déjà entendue une fois auparavant
Jean S. m'a raconté l'histoire d'un chauffeur blanc
conduisant un jour un ambassadeur noir dans Paris
Fait sans surprise de nos jours
Arrivé à destination
le chauffeur sort et va
devoir et courtoisie alliés
ouvrir la portière à son passager à qui il lance
avec un sourire triomphal :
« Excellence, malgré la circulation,
nous avons gagné cinq minutes »
Et l'ambassadeur noir, tout aussi souriant,
de reconnaître : « C'est bien, c'est bien »
Puis d'ajouter : « Maintenant, qu'allons-nous
en faire ? »
La liberté ressemble à ces cinq minutes gagnées
dans le dédale de la circulation, Pierre
Il faut d'ores et déjà
avant même de les avoir gagnées
songer à ce qu'on va en faire
Sais-tu pourquoi le baobab à l'air étrange
est si malheureux là où il se trouve ?
Le baobab cherchant la liberté

a planté ses racines dans les airs
mais il a oublié de les doter d'une quelconque
force motrice
qui lui eût permis de jouir réellement de sa liberté
Il a oublié
C'est pourquoi il trône malheureux dans la savane
roi méconnu incapable de marcher pour se faire
  connaître de son royaume
roi méconnu sans élégance ni éclat
Floralia cligne de l'œil à Pierre
Tous les deux se sont compris
Mes histoires de baobab malheureux ne bouleverseront
  jamais le monde civilisé
Tu ne sauras jamais saisir le sens réel des choses
Je suis persuadé que même la fin tragique
du vieux masque
dans le minuscule empire d'un musée
te laissera indifférente
Tu es civilisée
Mais écoute donc ceci :
Le fils de ma mère avait une épouse
pleine de charme et d'hypocrisie
Un véritable caméléon
Le sourire le plus engageant qui fût
La fesse la plus ardente qui fût
Le fils de ma mère ne remarquait que le sourire
Pas la trop grande générosité sexuelle de son épouse
Il passa Noël et le Jour de l'An
des années et des années durant

à la recherche du Soleil
Celui qui brille du faîte du pouvoir
et rejaillit en justices discutables sur le peuple
Puis on le mit à l'ombre pour l'empêcher de décrocher la lune
Trois années durant
Des années pleines
Pleines de tristesse
et aussi de confiance en l'avenir
Lorsqu'il redescendit de ses rêves
il recommença à se coucher auprès de son épouse
chaque nuit comme naguère
Sa sainte femme d'épouse à l'appétit insatiable
Qui avait dans les jours les plus sombres
réussi à capturer mille cœurs et cent puissants
Le fils de ma mère n'en savait rien
Aussi quelle ne fut sa surprise lorsque
s'éveillant un beau matin
il retrouva son lit couvert de rosée
La rosée honteuse de tant de nuits fautives
La rosée toute sale de tant de confiance bafouée
La rosée de l'adultère
O Bia !
Je te le répète : Méfie-toi. O Bia !
Le fils de ma mère ouvrit enfin les yeux
et vit la réalité : le caméléon aux mille couleurs
était là
qui entrait par la porte entrebâillée de la chambre
O Bia !

Méfie-toi des gens à qui tu parles
Méfie-toi de tes compagnons de chaque jour
Méfie-toi des chemins que tu empruntes
Méfie-toi des maisons dans lesquelles tu pénètres
Ne prête à personne le fond de ta pensée
Ne prête ta parole à personne
Méfie-toi des gens à qui tu parles
Sache bien à qui tu peux prêter un secret

Le fils de ma mère était une force de la nature
Et pourtant que de fois l'ai-je comparé au baobab
de la savane

Mais voici qu'une fois de plus
le matin s'éveille heureux
sur l'air printanier de la vie
Qu'il est tiède ce soleil
Qu'il est tiède ce soleil !
Ne fais plus triste mine
Regarde donc comme de toutes parts
Regarde
Toutes les fleurs ont découvert leur cœur
Regarde !
Quand tu marches sur la route
Marche dignement — comme un homme
et non en lambinant comme un flemmard
Pense à tout le bonheur qui t'a été donné

Compte donc et dis-moi : combien d'autres hommes
ont jamais eu autant de chance que toi
Dis-moi !
Et puis, n'oublie pas
N'oublie pas que c'est à toi
que nous avons confié la clé de notre maison
Tu sais bien que c'est toi qui tiens
le gouvernail de notre navire
...
Nous ne ferons plus la guerre
Nous avons jeté nos armes au loin
lorsque nous est parvenu le chant d'amour
lancé par tout le peuple à la fois
nous invitant à ouvrir les yeux
A ouvrir les yeux pour voir la Lumière
Viens donc avec moi
Allons ensemble voir la Lumière
Viens, car nous ne devons pas manquer cette chance
Sors et viens avec moi
afin que nous revienne la part de chance
que Dieu lui-même nous a réservée

Lorsque je te dirai je t'aime
le soleil jaillira en lumières de sons de ma bouche
L'été sentira les frais matins puisés
à l'éveil de la savane

quand le lion et la gazelle vont côte à côte
boire au même point d'eau
L'étincelle heureuse de mes paroles
dissipera le souvenir de mille morts sur la route de Bafoussam
et dira pour le bien de tout un peuple
le sens profond de la paix
Appel solennel vers la lumière purificatrice
Dieu à présent ouvre les portes d'un paradis réel
Qui donc m'avait raconté qu'Il ne savait que condamner et punir !
La puissance du verbe est salutaire
père respecté et obéi
non destructrice
Grâce à elle la mort d'un vieux masque
est le commencement d'une vie
que plus rien n'abolira
Car elle est la vraie magie du monde
Tout le mystère concentré sur une tête d'épingle
Appelez-moi tous ces griots
qui ont soif de magnifier
Et qu'ils jouent enfin la musique d'un monde
transformé par le point lumineux de l'aurore
Qu'ils abreuvent le ciel d'airs terrestres
beaux et sereins tels des magnificats
Et qu'ils éclairent de leurs voix
et de leurs accords
la longue route tendue vers l'intangible perfection
Vers le pur

Vers le néant — qui est tout en toute chose
Lève les yeux vers le signe lumineux
des étoiles de la nuit
égarées au large de la voix lactée
Près de l'une d'elles
tu verras un homme assis
fumant un énorme cigare de La Havane
Le souffle enfumé de son plaisir
est un nuage de pluie pour plusieurs saisons après les semailles
Le sourire de son répit
est la constante de plusieurs mois de soleil
sur la terre
Le soupir de ses soucis fraie la route
à cent tornades abattues sur la savane sans limite
Etrange bonhomme
Ne pas croire est misère
Vivre est incompréhension
Quel embarras !
Je m'accroche au fil de lumière de l'astre lointain
Rassemblement de mille espoirs
autour du nerf ténu de l'insondable
Entre le ciel et la nappe de nacre de la mer
vivent mes espérances
depuis le temps indécis
jusqu'au moment pointé des horloges
Et je marche digne et fier sur la route de l'incertain
comme un être libéré de tout ce qu'il n'est pas
Que le ciel est pur quand on l'ignore !

Mille morts sur la route de Bafoussam
et pas une goutte de sang n'est montée s'installer
auprès d'une étoile de vérité !
La route
La route
C'est la mort c'est la vie
Croyance débile
Royaume sans roi ni couronne ni diadème
La vie au croisement du commencement de la fin et
du recommencement
L'éternité
La route ne finira jamais
Chemin couvert de roses et d'épines
Horizon en nuages féériques
Survivances et régénérescences
Epoques absurdes de guerres futiles
Frasques salubres au déclin du tempérament
Elans du cœur à l'heure du secours
Plaidoiries sans fin au nom de la justice et de l'égalité
Esprits pourris ou torturés
Tolérance brutalité douleurs douceur
La longue route d'eau salée s'étale
aux flancs du bateau à la cale sordide
Des centaines de nègres entassés dans la soute
Tristesse silencieuse et résignée
A l'extérieur brille le soleil
Et vogue le négrier jusqu'à la perle des Antilles
Las est mon lourd souvenir
Lasses sont mes larmes d'un faux présent

De voir briller la perle dans son écrin
de vagues furibardes
m'étouffe le sanglot me coupe le souffle
me jette hors de la morne lamentation
me plonge et m'installe dans l'aise d'un royaume
d'admiration
Ce jour-là le ciel raffiné par
l'hivernage à présent assagi
portait sa robe d'un bleu limpide
J'avais vu au petit jour s'achever l'âge enfant
de mon fils
Le chant du coq avait éveillé les tams-tams
dans tous les villages concernés par la classe d'âge
Et la fête
après avoir allumé le soleil
maintenant battait son plein
Ma joie d'alors parfume encore mon souvenir ébloui
Danseurs virils au corps brillant
aux riches biceps
au front haut et lumineux
Que n'avez-vous su lutter pour préserver votre
liberté ?
Soudain la razzia
et déjà des hommes se laissent enchaîner
tandis que le viol ignoble s'attaque aux pucelles
Ile aimée malade à crever
Je suis encore du fond de ma cale
Le malheureux témoin d'une aventure commencée
voici des siècles

L'esprit voit à travers les ténèbres
le déroulement de l'innommable sarcasme
tissé sur le fond économique de l'avenir des riches
Et j'assiste encore momifié par la peur
à l'asservissement de tout mon peuple
au présent et loin, très loin, tout au fond de l'avenir
La cale obscure s'éclaire de l'invisible flamme du
souvenir
Déjà les vagues me chantent
des balbutiements de biguine
Des hommes des morts-vivants
arrivent enfin dans l'île
Son charme incomparable s'ouvre comme
la prison de la plus belle vitrine d'un musée
Esclavage ou simple prison je ne sais
Moi qui hier chantais l'union de l'homme
et de la nature
avec des refrains de chlorophylle
au gré du vert feuillu des forêts
de l'Afrique équatoriale
Le vieux masque de la fête païenne
c'est moi, île aimée
Moi qui hier réinventais l'univers
au rythme magique de la danse
Le vieux masque en voyage à travers
mondes et temps
idéologies et facéties
programmes organisés et faits du hasard
le vieux masque du musée de Bahia

mort et transformé dans l'autre vie
en perle des Antilles
c'est moi, île aimée
c'est moi, c'est toi
D'ailleurs qu'ai-je donc à t'apprendre ce que tu es
Regarde, j'ai traîné dans cent pays
devant mille auditoires différents
l'histoire du vieux masque de mes récitals
Nulle part, personne ne m'a parlé en retour comme
 ce fils de ton sang
qui m'arrêta un matin sur la route de Fort-de-France
 pour me demander :
« Que ton vieux masque se soit suicidé
ne crois-tu pas qu'il donne là
un exemple de démission à ne pas conseiller aux
 jeunes générations ? »

Ecoute, ami
Quarante années de ma vie durant
nuit et jour sans interruption
chaque pas du voyage m'a rappelé mon infortune
Je n'avais ni terre ni maison
ni aucune de ces encombrantes richesses
qui attachent l'homme à une patrie
Je voguais dans la vie

à travers hommes et saisons
comme le vieux masque avant sa fin
Assez intelligent et niais à la fois
pour ignorer le mot détresse
Assez naïf pour croire qu'aucune terre de la terre
ne refuserait un jour ma tombe
Assez prétentieux pour imaginer que
de toute façon
je saurais éviter la tombe
Assez prudent pour prescrire mon incinération
au premier paragraphe de mon testament
Mes cendres devaient
à mon idée
rester ma seule richesse
Préservées par-delà mon raisonnement, mon existence,
mon pouvoir
Revêtir l'azur d'éternité de mes ailes neuves
quand l'au-delà s'ouvre enfin
me libérant de l'attraction terrestre
Rester le néant riche et inutile
qui fait l'âme paisible quand l'homme s'interroge
sur la double et incompréhensible nécessité de vivre
et de mourir

J'ai depuis quelque temps quitté les contours
de ces résolutions, ami

Les miens, dans la tribu, m'ont offert
non pas la tombe de mon rêve
mais tout un pays de morts
Je suis propriétaire d'un cimetière
Oui, d'un cimetière tout entier
Et bien à moi
Avec les centaines de squelettes qui y attendent
le Jugement dernier
Tous sont à moi
Ils m'appartiennent, titre foncier à l'appui
Car les morts font partie de la terre
Ils sont la terre qui nous nourrit
Et depuis
ami
j'ai arrêté le cours du voyage
Je suis déjà mort, moi aussi,
pour vivre pleinement l'aventure réelle de mes esclaves de l'au-delà
Ma mort est un suicide
une résurrection
et la vive intensité d'une vie qui ne finira plus jamais
Ici se termine ma quête
qui partait du fond de l'Afrique vierge
au luxe d'un musée de Bahia
en passant par les règles mûres abondantes et heureuses de Floralia
Aujourd'hui ma main se place dans la sienne
plus à l'aise que je ne l'aurais jamais espéré

J'ÉCRIS POUR CEUX QUI SONT VENUS,
N'ONT RIEN COMPRIS À RIEN,
S'EN SONT RETOURNÉS VERS LEUR MISÈRE PARADISIAQUE,
ET CONTINUENT DE NE RIEN COMPRENDRE A RIEN.
J'écris pour ceux-là qui proscrivent
l'amour dans le sang de la lune
et accordent aux femmes un respect proportionné
à leurs disponibilités menstruelles
J'écris pour ceux-là qui ne savent pas
que faire l'amour est accord de
puissances complémentaires
non dégoût pour le sang purificateur
Ce matin des roses ont poussé dans la mare rouge de la nuit
Quel parfum !
Entrez tous dans ma chambre et constatez
Il reste encore une cuisse ruisselante de sueur
au-dessus de notre rêverie
Noire ou blanche je ne sais plus
Là-bas
loin derrière le temps qui n'en finit pas de passer
Floralia sourit
élégante manière d'accepter l'instant consommé
Ma main à l'aise dans la sienne
Je rappelle à tous qu'elle n'est pas ma sœur
ni ma cousine ni ma tante ni ma mère
Désormais ma quête est finie

le long voyage terrestre en cul-de-sac
devant mon suicide
La route pourtant s'allonge encore dans l'au-delà
C'est elle que tu dois suivre
ami
depuis Fort-de-France jusqu'à l'éternité
C'est elle que tu dois vivre après ta mort voici des siècles
à l'exemple du vieux masque
Pour vaincre, non te démettre
Cent paysages contradictoires, aux teintes logiques et contrastées
Route merveilleuse d'embûches et de joies
qui fait la vie belle comme un jour de soleil
quand toutes ces îles tes sœurs
flottent pavillon au vent
au gré de millions de larmes
mères de la mer salée
prisonnières à l'image de lumière et de liberté
Ce soir
des légions de lunes sont venues
éteindre le torchon encore brûlant de mes souffrances
de l'harmonie muette de leur étrange musique
Le ciel s'est transformé en une nappe de clarté
où la nuit plus jamais ne s'infiltrera
serment d'un pardon sans recours
La vie désormais est mon immense désir de partager
De partager avec vous et les vôtres
— tous les vôtres —

l'envoûtante richesse du monde d'où je viens
et dont je vous ouvre enfin la porte
Demain encore
vos cannes à sucre déverseront généreusement
rhum et sirop blancs sur des dizaines de générations
Goûtez donc mon vin de palme
blanc comme lait
pétillant et gai par les matins frais
et qui cache pudiquement la vraie ivresse de la vie
tout au fond de la calebasse
Que mille baisers couvrent l'outrage
Que mille sourires habillent la honte
Un seul regard me suffira pour poursuivre
la route solitaire
du magicien au front de bois
qui à la faveur de la nuit
s'est ouvert l'éternité d'un jour sans fin.

ÉDITIONS L'HARMATTAN

Afrique et océan Indien

Roland Pichon, *Le drame rhodésien, Résurgence du Zimbabwe.*

Sylvain Urfer, *Socialisme et Église en Tanzanie.*

Robert Archer, *Madagascar depuis 1972, La Marche d'une révolution.*

Ph. Leveau et J.-L. Paillet, *L'alimentation en eau de Caesarea de Maurétanie.*

Daniel Boukmann, *Et jusqu'à la dernière pulsation de nos veines.*

Marcel Roger, *Timor Oriental : hier la colonisation portugaise aujourd'hui la résistance à l'agression indonésienne.*

Patrick Mérand, *La vie quotidienne en Afrique noire à partir de la littérature africaine d'expression française.*

Samora Machel, *Le processus de la révolution démocratique populaire au Mozambique.*

Collectif, *Palestine et Liban, promesses et mensonges de l'Occident.*

Cléophas Kamitatu-Massamba, *Zaïre : le pouvoir à la portée du peuple.*

Collectif, *Dossier Zimbabwe.*

Le troisième congrès de Frelimo (3-7 février 1977) (3 brochures).

Dominique M'Fouilou, *La soumission* (roman congolais).

J.-Cl. Andréini et M.L. Lambert, *La Guinée-Bissau sur la lancée d'Amilcar Cabral : la reconstruction nationale.*

Hervé Derriennic, *Famines et dominations en Afrique : paysans et éleveurs du Sahel sous le joug.*

Julius Nyéréré, *La déclaration d'Arusha dix ans après.*

Oumar Ba, *Le Foûta Tôro au carrefour des cultures* (Peuls du Sénégal et de la Mauritanie).

Gérard Meyer, *Devinettes bambara.*

J.-M. Ducroz et M.-Cl. Charles, *Lexique songay-français.*

H. Schissel et B. Cohen, *L'Afrique australe de Kissinger à*

Carter. (Le rapport Kissinger sur l'Afrique australe et ses prolongements français.)
Collectif, *La France et l'apartheid en Afrique du Sud* (avril 1978).
Yves Emmanuel Dogbé, *Fables africaines*.
J. Audoin et R. Deniel, *L'Islam en Haute-Volta à l'époque coloniale*.
D. Van der Weid et G. Poitevin, *Inde : les parias de l'espoir*.
Collectif, *Sahara occidental, un peuple et ses droits*.
C. Collot et J.-R. Henry, *Le mouvement national algérien* (Textes : 1912-1954).
Benoît Verhaegen, *L'enseignement universitaire au Zaïre*.
Collectif, *Zaïre : Le dossier de la recolonisation*.
Buana Kabue, *Lettre ouverte au Président Mobutu et aux autres* (comment éviter une troisième guerre du Shaba ?).
Collectif, *Théologies du tiers-monde*.
Collectif, *Chrétiens d'Afrique du Sud face à l'apartheid*.
Nabil Farès, *Chants d'histoire et de vie pour un peuple sahrawi*.
Dominique Desjeux, *La question paysanne à Madagascar*.
Omar Yagla, *L'édification de la nation togolaise*.
P. Mérand et Sewanou Dabla, *Guide de littérature africaine*.
Roger Dorsinville, *Renaître à Dendé*.
Roger Dorsinville, *Mourir pour Haïti, ou les croisés d'Esther*.
J.-C. Zeltner, *Pages d'histoire du Kanem, pays tchadien*.
Abdoulaye Mamani, *Sarraounia*.

Antilles, Réunion...

Collectif, *La traite silencieuse, les émigrés des D.O.M.*
Alain Lorraine, *Tienbo le rein et beaux visages cafrines sous la lampe*.
Dany Bébel-Gisler et Laënnec Hurbon, *Cultures et pouvoir dans la Caraïbe*.
Michel Robert, *La Réunion, combats pour l'autonomie*.
Collectif, *Djibouti, Antilles, Guyane, Mayotte, Tahiti... Encore la France coloniale*.
Dany Bébel-Gisler, *Le créole, force jugulée*.
Axel Gauvin, *Défense de la langue réunionnaise : du créole opprimé au créole libéré*.
Anne Cheynet, *Les Muselés* (roman réunionnais).

Joseph Polius, *Martinique debout* (poésie antillaise).
Claude Souffrant, *Une négritude socialiste, religion et développement chez Roumain, Alexis et Hughes.*
Germain Saint-Ruf, *L'épopée Delgres, la Guadeloupe sous la Révolution française (1789-1802).*
Roselène Dousset-Leenhardt, *Colonialisme et contradictions en Nouvelle-Calédonie,* Les causes de l'insurrection de 1878.
L.-Ch. William, *Le Foliloque en ou dièze mineur* (récit antillais).
Collectif, *Quel avenir pour les D.O.M. ?* (Guadeloupe, Martinique, Réunion, Guyane.)
H.A. Seitu, *Agodôme-dachine* (roman martiniquais).
Dani Bébèl-Jislé, *Kèk prinsip pou ékri krèyòl.*
François Ega, *Lettres à une noire.*
Max Jeanne, *Western* (ciné-poème guadeloupéen).
Rosan-Girard, *Pour un sursaut guadeloupéen dans l'unité.*
Axel Gauvin, *Quartier Trois lettres.*

Poésie/Prose africaine

Antoine Abel, *Une tortue se rappelle.*
Antoine Abel, *Coco sec.*
Antoine Abel, *Contes et poèmes des Seychelles.*
Fernando d'Almeida, *Au seuil de l'exil.*
Joseph Anouna, *Les matins blafards.*
J.-B. Bilombo-Samba, *Témoignages.*
Massa Makan Diabaté, *L'aigle et l'épervier, La geste de Sunjata.*
Boubou Hama, *Les problèmes brûlants de l'Afrique :* tome 1, Pour un dialogue avec nos jeunes, tome 2 : Changer l'Afrique, tome 3 : Prospective.
Boubou Hama, *Les grands problèmes de l'Afrique.*
Boubou Hama, *Hon si suba ben. Aujourd'hui n'épuise pas demain.*
Boubou Hama, *L'Empire Songhay.*
Willy-Alante Lima, *Plaquettes et défoliants.*
J.-P. Makouta-Mboukou, *Cantate de l'ouvrier.*
J.-P. Makouta-Mboukou, *Les exilés de la forêt vierge.*
Joseph Miezan Bognini, *Herbe féconde.*
Placide Nzala-Backa, *Le tipoye doré.*
Pacéré Titinga, *Refrains sous le Sahel.*

Pacéré Titinga, *Ça tire sous le Sahel.*
Bernard Zadi Zaourou, *Fer de lance.*

Théâtre africain

Cheikh Aliou Ndao, *L'exil d'Albouri.*
Daniel Boukman, *Chants pour hâter la mort.*
Charles Nokan, *Les malheurs de Tchakô.*
Ola Balogun, *Shangô le roi éléphant.*
Gérard Chenet, *El hadh Omar.*
Condetto Nenekhaly-Camara, *Continent Afrique. Amazoulou.*
Maxime N'Debeka, *Le président.*
Charles Nokan, Abraha Pokou. *La voix grave d'Ophimoï.*
Daniel Boukman, *Ventres pleins, ventres creux.*
Wole Soyinka, *La danse de la forêt.*
Wole Soyinka, *Les gens des marais. Un sang fort.*
Tamsir Djibril Niane, *Sikasso. Chaka.*
Franz Kayor, *Les dieux trancheront.*
Maryse Condé, *Dieu nous l'a donné.*
Boudjema Bouhada, *La terre battue.*
Zégoua Nokan, *La traversée de la nuit dense.*
Cheikh Aliou Ndao, *Le fils de l'Almany. La case de l'homme.*
Alexandre Kum'a N'Dumbe III, *Cannibalisme.*
Alexandre Kum'a N'Dumbe III, *Kafra. Biatanga.*
Fawzi Mellah, *Néron ou les oiseaux de passage.*
Elébé Lisembe, *Chant de la terre, chant de l'eau.*
Maryse Condé, *Mort d'Oluwemi d'Ajumako.*
Bernard Zadi Zaourou, *Les sofas l'œil.*
Fawzi Mellah, *Le palais de non-retour.*
Sylvain Bemba, *Tarentelle noire et diable blanc.*
Alexandre Kum'a N'Dumbe III, *Lisa la putain de...*
Alexandre Kum'a N'Dumbe III, *Amilcar Cabral.*
Eugène Dervain, *Termites.*
Luis Ngandu, *La délivrance d'Ilunga.*

Pour plus de précisions sur les titres et les collections des éditions L'HARMATTAN, demandez le catalogue.

629686 - Novembre 2015
Achevé d'imprimer par